Swing

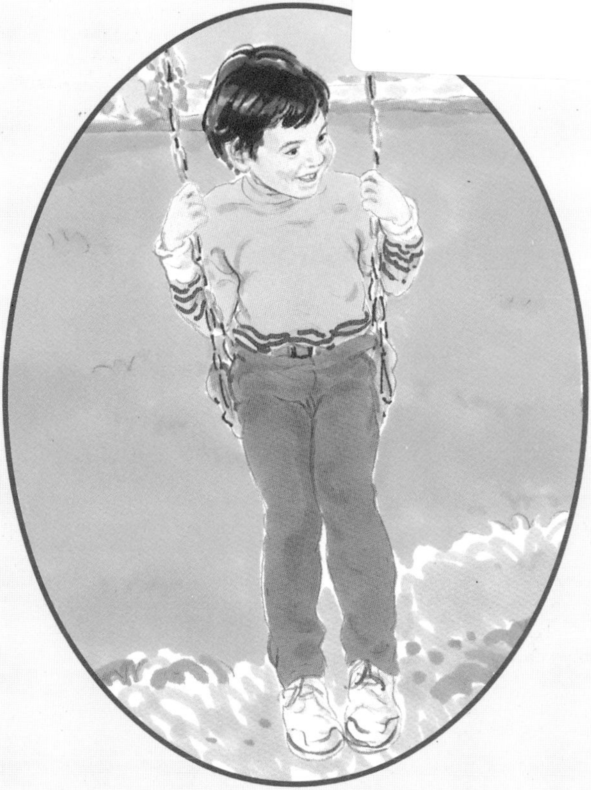

Story by Joy Cowley
Illustrations by Margaret Power

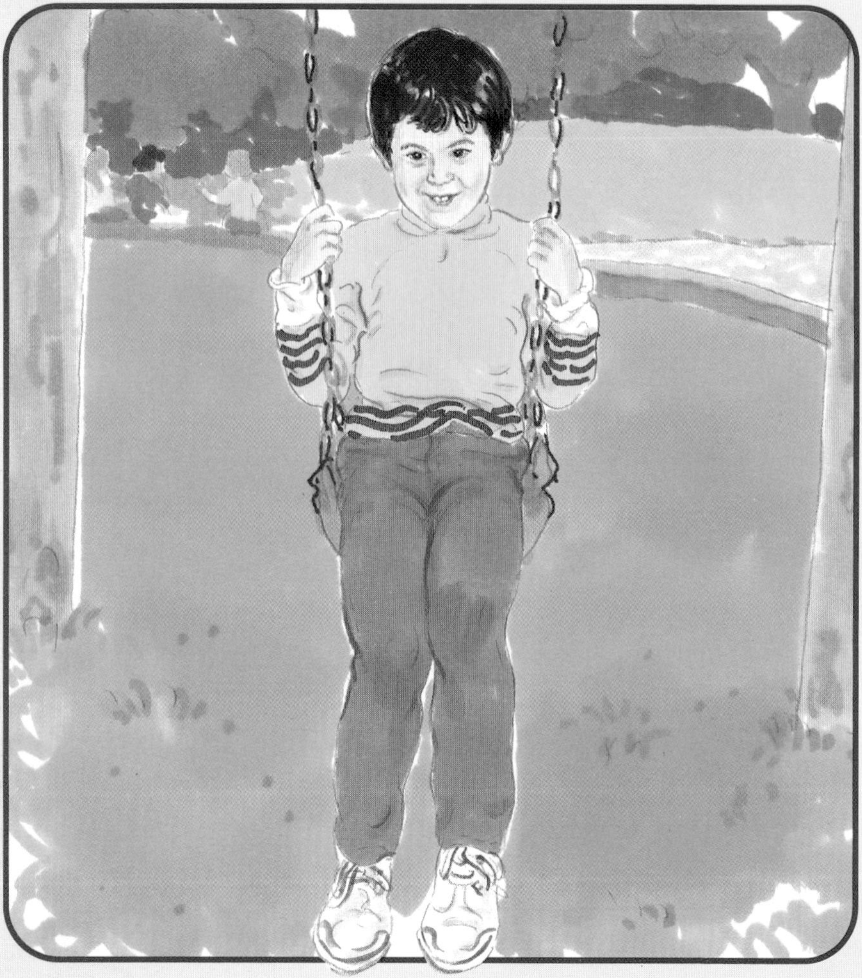

I swing.

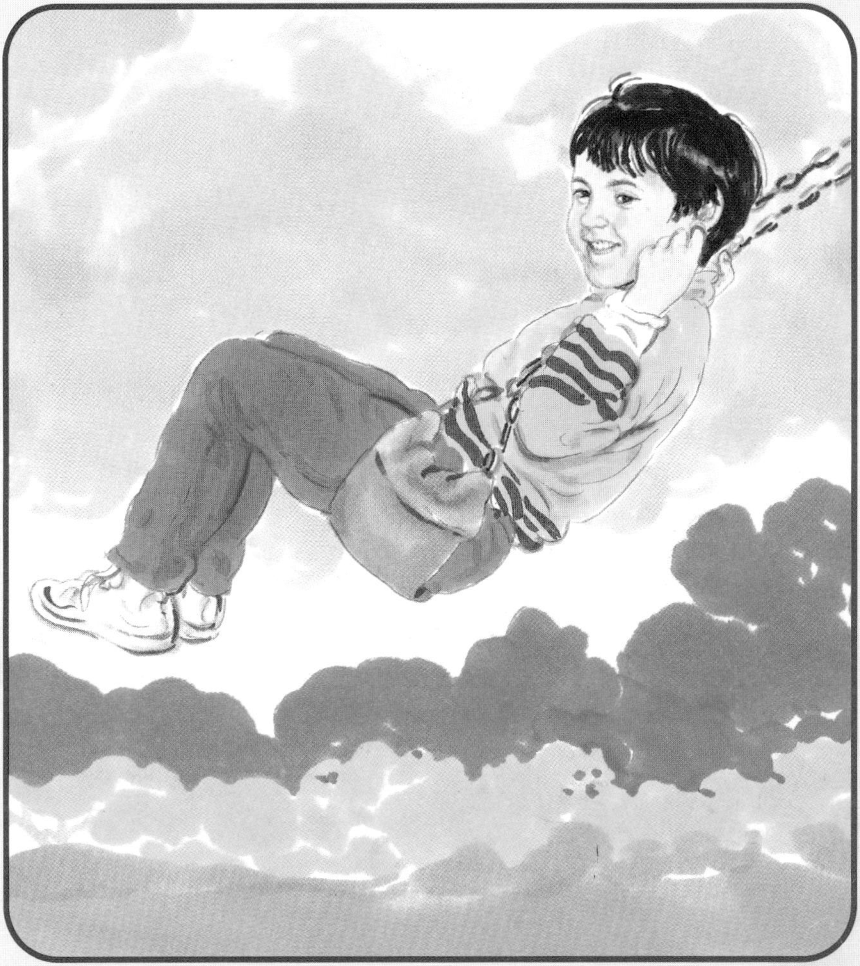

I swing. I swing.

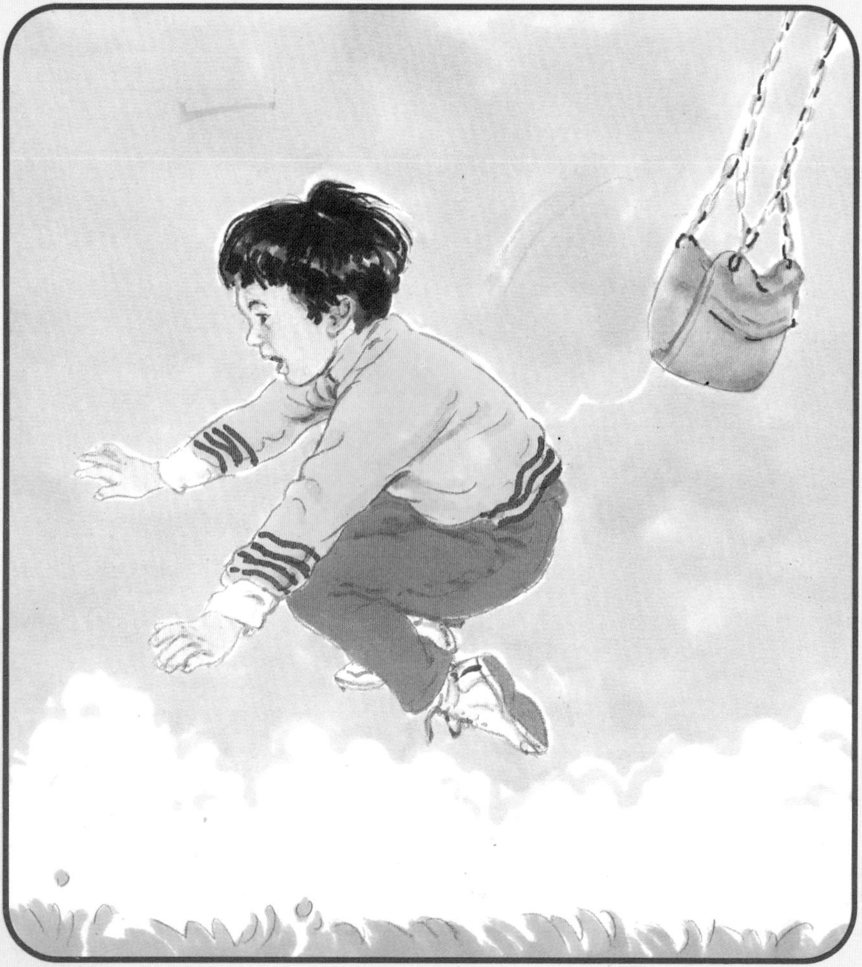

I fall.

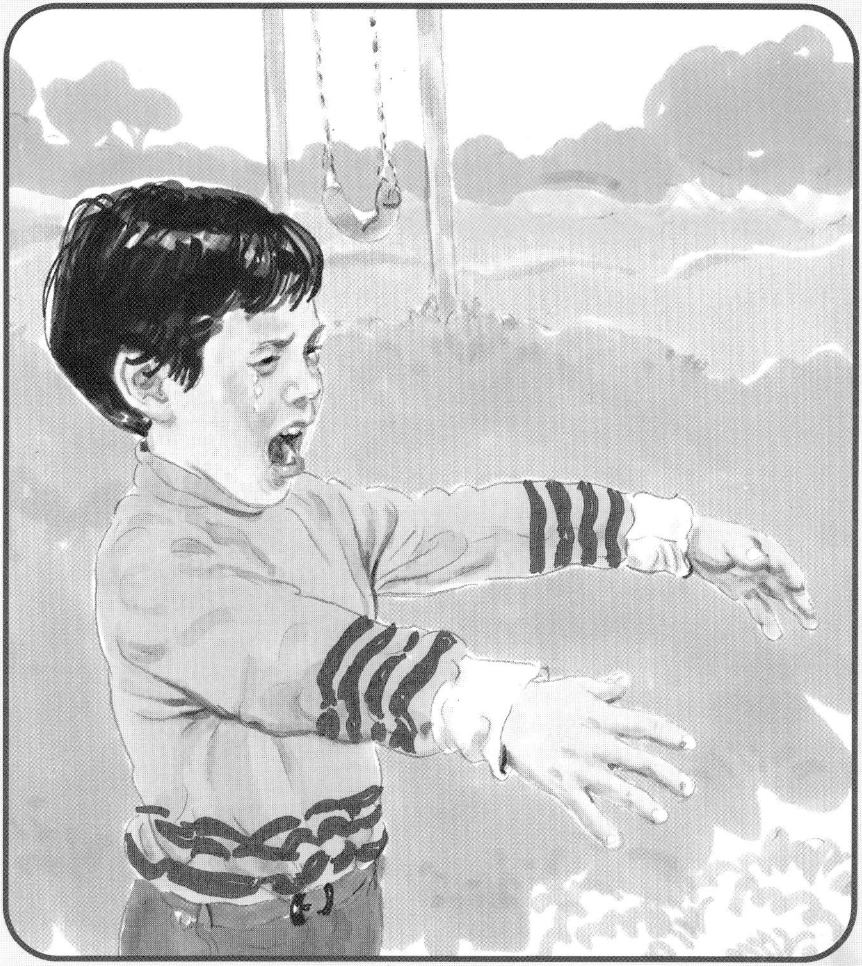

I cry.

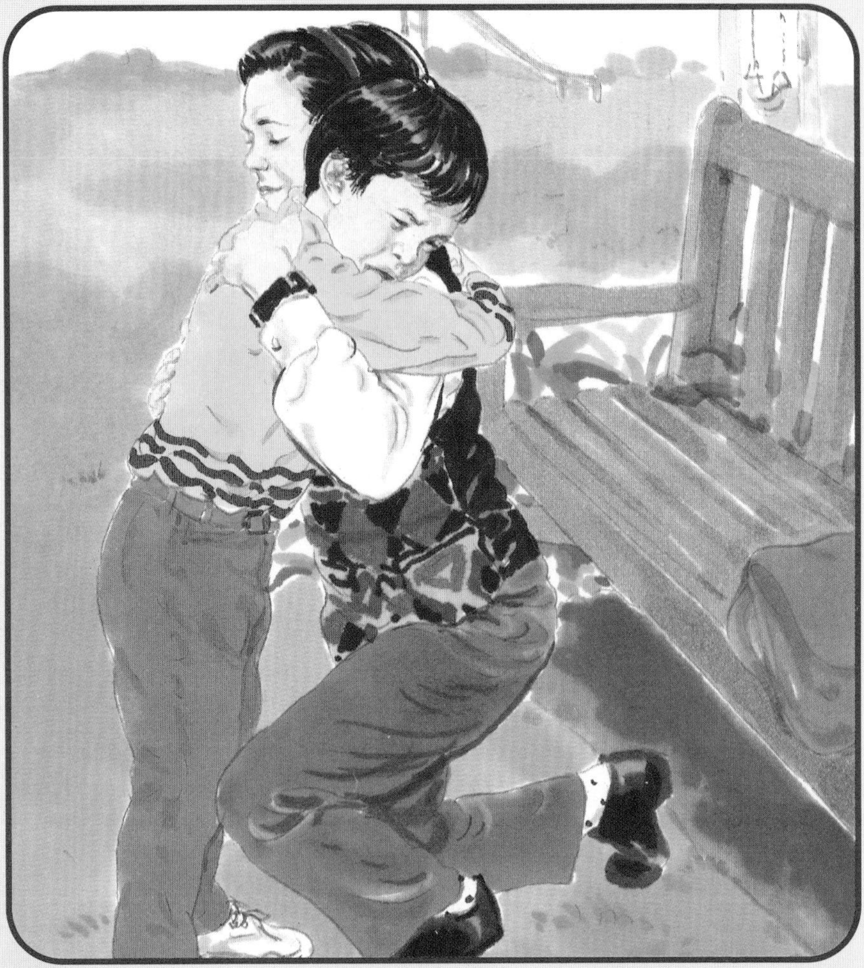

I get a hug.

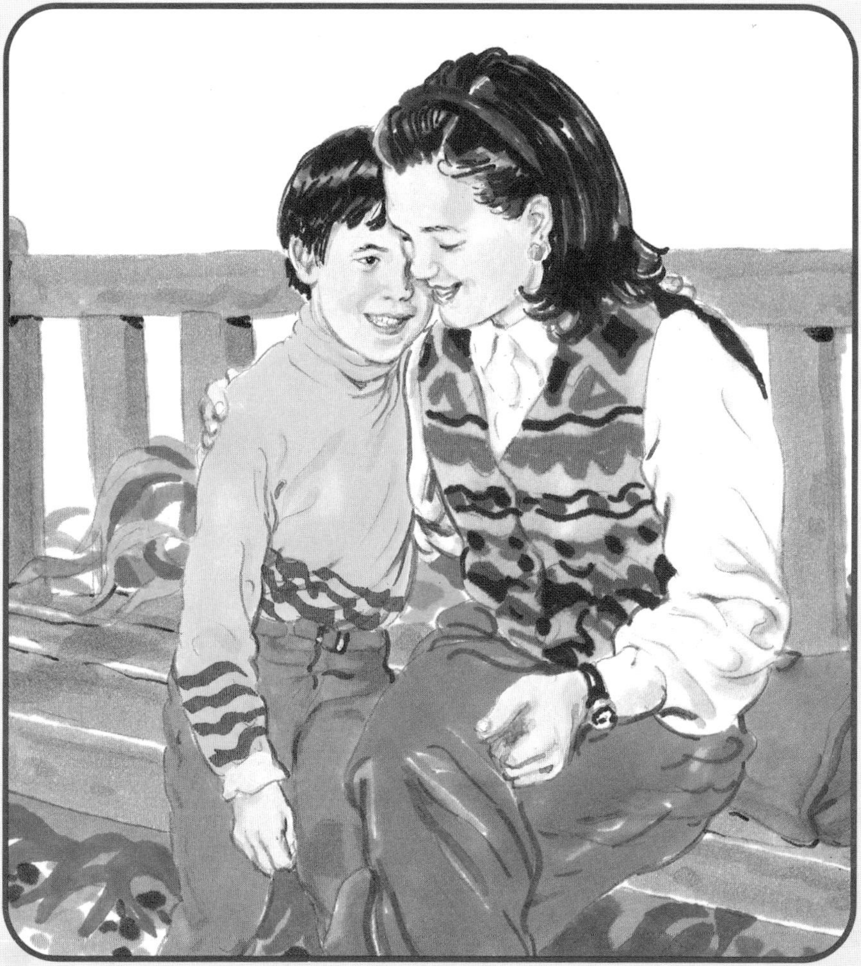

I smile.

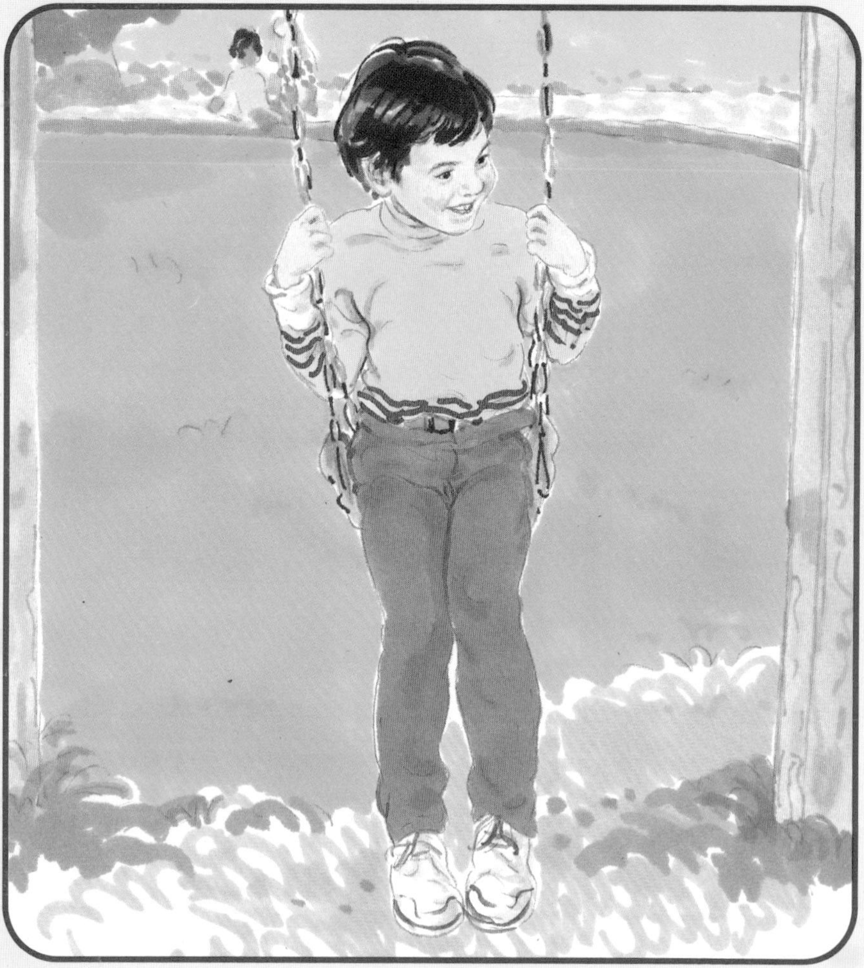

I swing.